TUTTI I GIORNI
TI AMO

di Maurizio Cosimo Ortuso
Proprietà letteraria riservata

©2013 PATAMU.COM
E-mail: info@innede.net

Progetto editoriale:
Grafica: Innede.net

PRESENTAZIONE

Nella continua ricerca di dare un valore alla nostra vita spesso trascuriamo che il nostro modo di vivere tutti i giorni non è ovvio che debba per forza di cose avere un senso. Tuttavia il titolo di questo libro potrebbe sembrare provocante e qualcuno di voi potrebbe persino pensare che io sia un folle e che abbia deciso in tarda età di scrivere un diario oppure una mia personale biografia. Me ne sono guardato bene, non solo perché tanto non interesserebbe a nessuno, ma non sono mica così folle che vado a spifferare la mia vita, oltre a tutto, quella che vivo tutti i giorni. Ecco, perciò voglio premettere che il significato del titolo non ha niente a che vedere con un diario oppure un'autobiografia. Comunque il contenuto vuole raccontare che noi tutti i giorni ci alziamo a vivere una nuova vita e tutti i santi giorni pensiamo e facciamo

qualche cosa per noi e per qualcun altro, ecco il vero titolo senza un sottointeso significato. L'errore che si fa tutti i giorni è di credere che la vita sia incapace di cambiare, che una volta presa una strada, sia quella obbligata da percorrere. Il destino invece ha molta più fantasia di quel mondo mediocre che ci circonda. Proprio quando crediamo di trovarci a vivere una vita senza via di speranza, quando raggiungiamo dentro di noi il picco massimo di disperazione, improvvisamente, molto velocemente con la stessa velocità del vento, tutto cambia, si stravolge, e da un momento all'altro e tutti i giorni può accadere che ci troviamo a vivere una nuova vita. Questo accade quando ascoltiamo dove ci porta il cuore. Questo è quanto potrebbe capitare a noi tutti. Non rispondere agli appelli del nostro cuore, non fare nemmeno un cenno, vuol dire essere degli ingrati versi noi stessi.

BUONA LETTURA

INDICE

PARTE PRIMA
TUTTI I GIORNI

TUTTI I GIORNI

Fortunatamente che tutti i giorni esistono le speranze e i sogni che ci danno sempre un significato alla vita. Incontreremo tutti noi delle persone che hanno la capacità di lasciarci un segno del loro passaggio.

Sono le persone che vivono con passione la loro vita, che vogliono trasmettere qualcosa di sé, questo ci appassiona, ci coinvolge, loro ci afferrano per mano, ci aiutano a capire e sono persino capaci a farci vedere un bagliore nel buio. Riuscire a incontrare queste persone e avere la fortuna di averle accanto anche solo per un po' di tempo è come far parte di un incantesimo, non importa come e, dove e più di ogni altra cosa non importa quando. Abbiamo sicuramente

amato durante gli anni più belli della nostra gioventù, perciò ci meritiamo anche di vivere e di amare quando la giovinezza è ormai un ricordino. Questo però comporta dei cambiamenti importanti della nostra esistenza, tutti i giorni bisognerà essere leali con noi stessi e aspettare di apparire convincenti prima di dichiararsi per quello che proviamo per gli altri, a differenza di quando si è molto giovani che il "ti amo" lo si omaggia anche a degli sconosciuti. A una certa età invece impariamo a chiedere perdono e molti di noi non portano più rancore per il passato, il tempo ha lenito tutte le ferite, ci dimentichiamo che all'interno di noi siamo diventati candidi. Non esitiamo a offrire la nostra verità, in particolar modo, quando ci accorgiamo che è arrivato il giusto momento di capire l'equo sentiero della vita. Non abbiamo

più paura di batterci con persuasione per amore, d'abbracciare la vita e viverla con passione, perderla con classe e vincere avendo l'audacia, perché solo, allora, capiremo che il mondo appartiene a chi ha il coraggio. Tutti i giorni saremo disposti a esaudire qualsiasi sogno a chi vogliamo amare, potremmo persino cominciare a pensare con chi invecchiare, senza compromessi, senza intimidazioni e offrendo la libertà assoluta, insomma fare uso dei soli principi e il rispetto dell'amore.

IL SOGNARE

Tutti i giorni Il nostro sogno lo conserviamo all'interno di noi, l'abbiamo sempre avuto e solo che lo tenevamo inespresso dentro di noi. Capiremo cos'è, capiremo ciò che vogliamo, solamente quando non avremo più bisogno di comprarci inutili regali, le cose materiali le abbiamo già avute tutte. Non ci manca più nulla, abbiamo solo bisogno di riprenderci la nostra vita e cominciare a essere noi stessi. Quanto più una persona ha costruito dentro di sé, tanto meno si ritroverà legata alle cose materiali e superflue. Ci perdoniamo per gli errori che abbiamo fatto e scappiamo dal passato. Facciamo il giro del mondo sognando, e cominceremo a vivere una vita spirituale all'interno dei nostri pensieri, ci porteremo questo nuovo modo di vivere con noi, come regalo per quello che abbiamo vissuto. Nulla è accaduto per caso, quella vita vissuta è stata un'occasione unica, non possiamo certo buttarla via. L'amore può far smuovere le montagne, dunque diamoci la possibilità di riprenderci quello che già ci apparteneva. Qualsiasi storia d'amore ha inizio da dove ne era finita già una, da dove siamo partiti, li stiamo tornando. Non andate via un'altra volta, tenetevi saldi vicino a voi stessi, almeno adesso che avete raggiunto la maturità. Io personalmente ho studiato un'intera vita passando da un'Università all'altra per imparare a capire la cosa più semplice della vita. Tutti i giorni abbiamo bisogno di amare, anziché perdere tempo e far sognare sempre chi non se lo merita, specialmente se gli altri non sarebbero disposti a farlo per noi.

FUORI TEMPO

Ci illumineremo quando cominceremo a dire quello che pensiamo, per questo non fermiamoci davanti ad un piccolo ostacolo, diamoci la possibilità di essere noi stessi e dire quello che veramente ci passa per la testa. Tutti i giorni
perdoniamo le nostre brutte parole e quelle che abbiamo sentito, perdoniamoci i brutti pensieri. In compenso dopo questa lavata interiore, la serenità ci terrà compagnia fino alla fine. Crediamo tutti

che l'anima gemella sia come un vestito che ci sta alla perfezione, per questo tutti noi la cerchiamo. Questo, è in realtà solo uno specchio che ci mostra tutti i nostri limiti e per questa semplice ragione attira la nostra attenzione, facendoci comprendere qual è il momento migliore per cambiare la nostra vita. Una vera anima gemella è forse la persona più importante che possiamo incontrare, perché demolisce i muri che ci circondano e ci sveglia di colpo.

Le anime gemelle entrano nelle nostre vite proprio per farci scoprire un'altra parte di noi stessi, un altro strato che prima di allora non conoscevamo. Tuttavia, cercare di fare dei cambiamenti importanti è un voler aspirare a una vita di qualità, magari spirituale, anziché materiale. Vivere e inventarsi solo delle banali scuse per la sola paura di un cambiamento, vuol dire rinunciare di scegliere l'autostima, continuando a vivere con l'autocommiserazione e la frustrazione interiore. Allora è meglio scegliere di eccellere, non di competere. Scegliere di ascoltare la nostra voce interiore, e non l'opinione casuale della gente, questa rimane la migliore delle terapie. Quando riusciremo a rompere la parete che ci divide dal passato, solo allora possiamo smettere di avere paure, poco importa se la vita non risponde sempre come forse vogliamo, tanto si sa oramai che è fatta così, un giorno la realtà spunterà dal nulla senza preavviso, per essa è normale così.

IL PENSARE

Tutti i giorni nei nostri pensieri ci sembrerà anche di rimuginare sempre gli stessi concetti, perché noi tutti facciamo sempre la stessa cosa, e commettiamo gli stessi errori, ci ripetiamo finché non riusciamo a creare l'opera più bella della nostra vita. Non voglio persuadere nessuno con l'insistenza parlando d'amore affinché voi vi convinciate chi può essere il vostro ideale, perché può darsi che c'è l'avete già vicino a voi, semplicemente non ve ne siete mai accorti. Non sono quelli che scrivono gli stessi che possono aiutarci a decidere la nostra vita, quella la dobbiamo decidere solo noi. Gli esseri umani come gli animali, passano da un nido all'altro e si fermano in quello che più gli dà affidamento. Non possiamo dare nulla di materiale a qualcuno che già ha tutto, dovrebbero finire i tempi dei doni superflui. Oggi invece, bisogna sapere per crescere, affinché si possa sopravvivere alla pressione psichica di quest'aggressivo sistema. Perciò siamo obbligati a scegliere una vita, fatta di regole nuove, ognuno di noi ha un compito ben preciso nella vita, l'artista deve creare qualcosa che rimanga anche quando non ci sarà più. Madre Natura ha regalato il talento a persone che sono capaci di diffonderlo facendo un buon uso di esso. Chi possiede un talento ha in mano una testimonianza, insomma, perciò è l'arte che ha bisogno di noi, senza di noi gli artisti non avrebbero ragione di esistere questo è il bello della nostra esistenza. La differenza che distingue l'emancipazione della nostra epoca è quella che oggi si progredisce

con altri mezzi. Non ci dobbiamo accollare d'inutili sensi di colpa per quello che non siamo riusciti a fare rispetto i nostri predecessori, quelli erano altri tempi. Il mondo di una volta, richiedeva quello che i nostri progenitori avevano da offrire. Oggi è diverso, nel nostro tempo dobbiamo avere già una professione, uno storico da presentare oppure degli studi professionali. Tocca a noi adesso liberarci dai possibili risentimenti, perdonandoci di non avere capito quando dovevamo star vicino a chi si meritava la nostra compagnia, e quando la vita ce ne offrì l'occasione. Solo con il nostro perdono e la libertà che oggi godiamo, possiamo scegliere una nuova vita, adesso possediamo la forza di costruirci un futuro migliore.

LA VITA

Una cosa che trovo di grande interesse per la qualità della vita è di vivere un'esistenza attiva, incontrare gente di tutti i tipi, viaggiare, mettersi alla prova in lavori diversi, tenere aperti gli occhi, le orecchie e la mente, prendere nota di ciò che osserviamo, leggere molti buoni libri e scrivere o meditare, o meglio ancora sarebbe molto più semplicemente tutti i giorni annotare la vita come procede. Un'altra cosa che trovo ancora più importante è amare e parlare con chi più ci occupa la mente. Anch'io ho bisogno di parlare, non potendo trovare mai nessuno che sia capace di ascoltarmi a parole, scrivo, consapevole di non sapere cosa sta succedendo all'interno dei pensieri e dei sentimenti della gente. Non ascoltate, non vi fate condizionare da suggestioni esterne, finché avete anche un solo dubbio, ignorate le parole di estranei, comprese le mie. Tanto loro aspettano comunque, in silenzio. Il giorno che avrete bisogno di avere qualcuno vicino a voi, pensate ad un buon libro, magari proprio quello che adesso avete in mano. Abbiamo penato per amore e solitudine un po' tutti, pur avendo avuto tutti i giorni tante persone vicino, l'essere solo dentro è una sofferenza di molti, spesso il collettivo non lo sa, qual è la ragione del nostro tormento. Non solo si pensa tutti i giorni, parliamo anche di noi e di quello che ci succede con tutti gli amici, anzi vogliamo spesso incontrare anche vecchi compagni perché quando siamo innamorati, abbiamo delle novità da raccontare. Aver scritto questo libro, mi ha riempito un vuoto che non riuscivo a colmare, mi rendo conto benissimo che tutto questo può essere grossolano, specialmente per i più guardinghi. Tutti i giorni può accadere qualsiasi cosa, quando nulla succede, è perché niente si è fatto perché accadesse ecco la ragione di questo libro.

IL PASSATO

Il passato non esiste più, il futuro è imprevedibile, solo il presente è quello che conta. La miglior cosa è rinunciare di analizzare ciò che non esiste com'è la miglior cosa anche quella di astenersi nel esaminare il sesso opposto, seguire il
nostro intuito e cercare solo di decifrare i loro segnali con molta cautela. Non per questo bisogna avere la presunzione di prenderci egoisticamente tutto quello che vorremmo, poiché qualsiasi cosa ce la dobbiamo meritare compreso l'amore. Dobbiamo solo sperare di essere pronti al suo arrivo, chiaramente dovremo farci trovare idonei e presenti nel posto esatto al momento giusto. Tutti i giorni, molti di noi cercano di far conoscere la propria interiorità, perché è la nostra unica e vera ricchezza, tuttavia, spero che il mondo che ci circonda abbia un sacco di pregi, ma che non abbia quello che ci possono offrire i libri. Spero che questo saggio sia stato scritto al momento giusto e che lo abbiate trovato il giorno che più avevate bisogno, un po' come siete capitati voi tutti i giorni nella mia vita.

PARTE SECONDA
TUTTI I GIORNI

IL PARTNER

Questa parte del libro la devo iniziare con questa procedura perché la trovo importante al fine di parlare dei nostri partner, questo mi dà il coraggio di dire a voce alta "amore". Quando riceverete dei baci e vi accorgerete che vi hanno cambiato la vita, allora sarete felici per la circostanza, sicuramente non vi sentivate così da tanto tempo. Noi tutti ci innamoriamo sempre della stessa persona, rimane questa una sorte della nostra vita. Tutti i giorni la pensiamo e ci chiediamo in continuazione perché proprio loro debbano sconvolgerci la vita. Tutti i giorni ci chiediamo perché mai dovrebbero essere proprio loro le persone che abbiamo sempre cercato. Chissà quante affinità ci legano, chissà come sarebbe una vita vicino a loro, mi piacerebbe sapere come faremo per non pesare nella loro vita. Ci piacerà sapere come sarebbe dividere con loro i problemi giornalieri, quelli che fanno parte della routine della vita. Ci piacerà sapere come potrebbero essere le mattine e le sere in loro compagnia. Quello che proviamo per loro durante l'innamoramento lo dobbiamo mettere davanti a tutto e subito, poiché abbiamo bisogno della loro esistenza, non l'avreste mai detto che nella vita vi sareste trovate nuovamente a provare il bisogno di innamorarvi di nuovo, tutto questo per sorridere ancora una volta. Se per caso non riusciamo a capire il perché amiamo quella persona, allora è amore. Molto probabilmente non crediamo di meritare attenzioni, ma la speranza del nostro perdono interiore diventerebbe comunque un'immensa felicità. Il silenzio che ci stiamo regalando lo conserviamo leggendo, è un giorno lo useremo per vivere la nostra vita, sarà usato solo quello che avremo imparato in quei momenti dinanzi all'amore. Quest'opera è stata scritta dai miei lettori. Mal che vada, saranno il riscatto per non avervi qualche volta capito quando la vita me ne offrì l'occasione. Non mi dovete assolutamente nulla, oltre il prezzo del volume e niente dovete fare per soddisfare le mie volontà. Continuate la vostra vita senza pensare a me, adesso che vi ho dedicato questo mio momento della vita non ho più i sensi di colpa. Quello che è successo in passato doveva accadere, quello che avverrà sarà l'effetto di questi eventi. Potevo dirvi con pochi sinonimi e parole tutto il contenuto di questo libro, ma sono sicuro che, mi avreste solamente rimproverato. Da adulti non bastano più le chiacchiere, ci vogliono i fatti e noi ci dovremmo anche disperare pur di dimostrare che non siamo soltanto capaci a parlare. Dare vere dimostrazioni usando solo quando è necessario il "se" vi assicuro che è molto difficile ma ci si abitua a tutto. Faccio anch'io di tutto per dimostrare di più che le sole parole. Se siete stati lontani da casa, magari a trovare qualche vostro parente o amico, sarete stati lontano da voi stessi, perché ne eravate obbligati.

FUORI GIOCO

Un giorno mi si è accesa una lampadina e ho capito che per imparare a scrivere, basta farlo con il cuore allora diventi veramente bravo, credetemi. Talmente bravo che t'illudi di scrivere amando e sognando. Pensiamo tutti giorni, non ci diamo pace aspettando sempre con la speranza di provare un segnale dalla vita. Niente accade il silenzio è l'unica cosa che la solitudine ci offre, forse siamo poco generosi con i nostri sentimenti. Quando viviamo soli, ci ricordiamo quel viaggio che ci ha lasciato un segno nella memoria, ecco si può essere triste ma questo è un dato, di fatto, che non dovrebbe esistere, la ragione di questi stati d'animo è dovuta al fatto che ci chiediamo, perennemente, un sacco di perché. Il rischio che corriamo, è di arrivare a capire gli errori solo dopo che è passata un'intera vita. Non dovremmo commettere questo tipo di errori, l'unica chance che abbiamo per farci perdonare da noi stessi e ricominciare da dove eravamo rimasti. Diventiamo consapevoli che stiamo vivendo una silenziosa felicità, forse per questo umiliamo il prossimo con i nostri silenzi, lo facevamo anche quando eravamo solo dei bambini, abbiamo sempre voluto far conoscere il nostro di mondo, e non abbiamo spesso voluto scoprire quello degli altri. Quando esprimiamo un nostro desiderio, se poi non ci piace, semplicemente usiamo l'oscurantismo. Sostenere a rendere concreto un sogno di un nostro partner e come costruire il proprio, poiché da una storia, può nascere un importante episodio d'amore, e da una grande disponibilità può nascere un immenso successo. La nostra nobiltà sarebbe un gesto di solidarietà, un'impresa che aiuterebbe a limitare le difficoltà del prossimo. D'altronde vogliamo solo un po' d'amore, soprattutto se arriviamo da un lungo periodo di attesa. Benché voi lo sappiate di già, niente accade per caso, poiché se chiedete a voi stessi qualcosa, fareste carte false pur di accontentarvi. Potrei anche farne a meno di scrivere, non lo faccio per provocare nessuno, ma almeno date risposta ai messaggi del vostro cuore. Se vi disturba stare zitti, ditelo senza paura. Il "ti amo" non perde mai il suo valore. Ho redatto tre libri e ho deciso di scrivere questo perché ho l'impressione di essere presuntuoso ma anche maturo. Ho bisogno di consigli, sapere che qualcuno più bravo di me m'insegna ancora e sempre qualcosa. Noi esistiamo, e molto probabilmente il contatto fisico o morale, ci darebbe della nuova energia.

IL SILENZIO

L'uomo spesso non è capace a tradurre i silenzi, li può al limite interpretare, e nella maggioranza dei casi li sbaglia. Se un caro amico che vi ha consigliato di smettere di amare coloro che non corrispondono il vostro affetto, ha veramente ragione, ma io, fossi in voi non mi preoccuperei di quel dettaglio poiché siamo noi che abbiamo scelto il silenzio per comunicare, per umiliare e per dire tutto quello che non siamo capaci a dire con le parole. Non ci dobbiamo, dunque, andare in collera per questo, tanto meno abbiamo tempo da perdere poiché di tutto quello che facciamo, non buttiamo via niente. Sarà sicuro della sostanza da integrare nella nostra nuova vita, quella che abbiamo scelto di vivere adesso. Per nutrire il nostro ego abbiamo dimenticato la libertà di vivere, si rinasce solo quando ne abbiamo voglia e bisogno. Fatto questo, per tutti è la libertà quella che conta, possiamo vivere quando ci pare e intensamente quanto vogliamo, e l'amore possiamo dichiararlo anche a nessuno, ma allora la vita è dedicata tutta a noi stessi, dunque non lamentiamoci, di sentirci soli.

Ciao Mamma, la tua ultima occhiata sarà il ricordo più bello.
7 maggio 2012

IL MATERIALISMO

Ci sono dei giorni molto silenziosi che abbiamo noi stessi, ci siamo procurati, anche la nostra vitalità è andata via, chissà dove, condividendo i dolori che abbiamo vissuto nella nostra vita. Se non altro, saremo riusciti a farci un regalo, portando il nostro cuore a battere più forte del normale, sempre grazie all'amore. Avremmo dovuto anche fare un regalo simile al prossimo ma non abbiamo davvero le condizioni, in questa società egoista, con questa inadempienza abbiamo perso un'altra occasione per essere tollerante. Perciò ci toccherà cercare qualcosa da compensare. Oltre a questo si aspira sempre a voler imparare a vivere una vita decente e convincere il prossimo a degnarci un po' di attenzione. Dovremmo dunque, iniziare a vivere una vita novella, e affinché questo avvenga, dobbiamo girare il mondo prima che questi giri noi sottosopra. Smetterla di giudicare, vivere e produrre solo capolavori per la vita che stiamo vivendo, magari proprio in compagnia di qualche buon libro e se non conoscete onesti scrittori, allora accontentavi dell'amore che avete vicino.

L'AMORE

Non siamo niente senza un amore, e prendere chiunque, solo per avere qualcuno non dovremmo, piuttosto meglio rimanere il "niente", invece di nascondersi sotto le ali di un chicchessia.
Le ultime parole che non dovremmo mai dire che non possiamo, perché così vivendo non è giusto. Solo che a noi piace questo modo di vivere, a noi non costa nulla svilupparci nell'egoismo, non offriamo nulla all'amore, all'arte e non avendo queste ispirazioni ci diamo al superfluo. Questa è un'altra ragione per la quale ho scritto questo libro, vorrei l'illuminazione di vivere una vita sana tutti i giorni, peccato però che la società in generale, non voglia favorire questa qualità di vita. Dovreste provare anche voi a pensare usando solo se inevitabile il "se". Potremmo evitare così l'umiliazione che ci stiamo riservando, d'altronde non possiamo dimenticare quello che è stato del passato, ma dobbiamo accettare che quello che c'era una volta, adesso non c'è più, dunque non esiste. La libertà di essere noi stessi ce la dobbiamo cercare. Ricominciare dallo stesso punto alla quale eravamo rimasti, è un prodigio assai arduo all'atto pratico, nonostante siamo coraggiosi quando lo vogliamo, non sappiamo come vivere una vita priva di capricci, magari in un luogo senza decorazioni materiali e superficiali, aspettando magari l'occasione di farli vedere a qualcuno per far nascere invidia, trovo questo mortificante verso l'intelligenza del prossimo. Cominciare a vivere una vita interiore, sarebbe più onesto.

LA CLASSE SOCIALE

Quando ci sentiamo snobbati molto probabilmente, perché non apparteniamo a quello che la gente suppone di un alto ceto sociale, però potrebbe non essere più così se solo diventassimo veri esseri antropici, ricchi per davvero, dentro di noi, allora scopriremo che quello che gli altri hanno e che non abbiamo noi, non ha nessun valore poiché sono solo apparenze materiali, dunque prive di valore. Noi tutti siamo esseri umani potremmo facilitare senza fare grandi fatiche la serenità di chi ci sta attorno se evitiamo i sentimenti dell'invidia, della gelosia e della competizione. Oltre a tutto siamo tutti benestanti perché abbiamo una vita da vivere e solo se si vive, intelligentemente, acquisiamo le condizioni per far si che le persone cresciute s'incontrino a metà strada.

Un esperto della vita è un uomo che ha fatto tutti gli errori che sono possibili da compiere in un periodo molto ristretto della vita. Il male ci colpisce se ci lasciamo prendere dalla suggestione di averlo ricevuto, invece spesso è espressione di uno stato di debolezza oppure di paura. Tutto accade per una ragione ben precisa connessa al nostro comportamento: cambiamo per poi imparare a lasciar andare chi decide di seguire la propria strada. Spesso le cose ci vanno male per darci la possibilità di apprezzarle nel momento in cui vanno bene. Se crediamo alle bugie, impareremo poi a non fidarci di nessuno tranne che di noi stessi; e qualche volta può capitare che le cose buone finiscano per cedere il posto a cose migliori.

Noi tutti viviamo sullo stesso pianeta e siamo molto vicini; ma non beviamo tutti la stessa acqua, non mangiamo tutti la medesima carne o le stesse verdure. Ciò detto, è comprensibile avere atteggiamenti diversi, differenti colori e disuguali sfumature della pelle. Persino quando siamo arrabbiati, non siamo sempre uguali e non ci arrabbiamo alla stessa maniera. Qualsiasi lite è inutile e non porta da nessuna parte. Anzi, quando ci alteriamo, produciamo dei conflitti che a loro volta generano altre ostilità fino ad arrivare non solo all'esasperazione, ma addirittura all'annullamento della nostra quiete interiore. Perciò, il vero scopo della vita più sana può considerarsi quello di aiutare il prossimo con la consapevolezza delle nostre reciproche differenze. Anche quando non siamo in grado di aiutare gli altri, dovremmo almeno evitare di fargli del male.

LA FELICITA'

Non dobbiamo dimenticare infatti, che quando discutiamo con qualcuno, i nostri cuori si distanziano e ciò non giova alla nostra felicità; offendendo il prossimo ce ne allontaniamo, fino ad arrivare all'isolamento e quando ci si isola, prima o poi le distanze saranno così incolmabili che non troveremo mai più la strada per tornare indietro. Chi veramente ci conosce, sa anche come viviamo. Chi non ci conosce, non avendo nient'altro da fare, ci giudica.
Chi invece pensa di sapere tutto di noi, non può che cadere nell'illusione pregiudicando, senza una fondata conoscenza della nostra vera persona. Per vedere ciò che pochi hanno visto dobbiamo andare, dove pochi sono stati, oppure dove non siamo mai stati come per esempio nell'amore incontrando *il mai, il se, il non posso*, allora vuol dire che la solitudine è un vuoto che ci appartiene, c'è lo siamo andati a cercare noi stessi. L'amore

possiede capacità infinite per esistere, deve incontrare il silenzio nello stesso tempo che incontra la musica della dolcezza.

La vita, spesso può essere una sofferenza, la causa dei dispiaceri nella maggioranza dei casi è sempre l'ignoranza. Al fine di cessare la sofferenza e acquistare la pace si potrà solo realizzare quando la nostra ignoranza sarà svanita e quando l'avidità e l'odio cessano di schiavizzarci. Io sarei anche con voi da sempre, pronto a sostenere tutte le iniziative specialmente quelle positive, quelle che più si desiderano. Tramite questo libro, sto tentando di prendervi la mano, in particolar modo quando sto per cadere, scrivendo, posso incoraggiarmi, sapendo che esistete. Darsi alla lettura quando ci sentiamo soli e abbandonati possono essere molto soddisfacenti al fine di compensare un vuoto, alla ricerca invece una risposta oppure una verità, il rischio è che non troveremo mai nulla sennonché lo stesso vuoto, per assurdo non esiste la vera verità, può al limite esistere la nostra partecipazione.

L'ESSERE

Un comune essere umano come me può anche apparire all'interno di un libro come questo e spero che molti di voi si possano riconoscere con il loro pensiero, smettendo di cercare affannosamente l'esterno della vita.

Ciò che si possiede come parte fondamentale del nostro modo di essere, lo dovremmo conservare e osservare molto bene affinché la nostra mente si rilassi e faccia un po' di spazio per una conoscenza più profonda e più vera. Magari, riscoprendo il piacere e la dolcezza dell'intimità con il cuore. Allora, ci accorgeremo che nulla è troppo difficile, perché in noi, c'è sempre un amore così grande che ci può sostenere in qualsiasi prova, ed è in grado soddisfare ogni nostro legittimo desiderio. Troveremo così la felicità quella vera, che nulla e nessuno potrà mai toglierci, perché è una conquista puramente interiore.

Avere un carattere con una tendenza alla critica, indicata verso il prossimo, potrebbe anche essere una qualità, poiché vuol dire che si è attenti, ma sarebbe preferibile che certe persone imparassero a misurare l'estensione dei danni provocati dalla loro abitudine di porre sempre l'accento sui lati negativi delle persone e degli eventi. Quante amicizie e relazioni si frantumano a causa di questo modo di comportarsi. Sembra quasi che le persone, come i notiziari televisivi si osservano tra loro unicamente per scoprirne i difetti, come se ci fossero solo quelli, vedono solo ciò che non va nel mondo, rilevando e commentando soltanto fallimenti e disastri. Contrariamente a ciò che molti credono, questo tipo di atteggiamento non appartiene certo a una persona saggia. Naturalmente le persone sagge non sono per niente ceche, vedono il male esattamente come gli altri, il dettaglio che li differenzia è che loro cercano il lato bello delle persone, inseguono la meritocrazia poiché con quella ne potranno trarre benefici, il lato maligno non lo commentano per non far soffrire chi se lo porta. La razza umana è difettosa, quanto sana, nella maggioranza dei casi, noi conosciamo e siamo consapevoli dei nostri lati oscuri, addirittura ce ne facciamo un complesso esistenziale, cerchiamo di camuffarlo oppure correggerlo, anche se nelle maggioranze dei casi non ci riusciamo.

Dato che i lati oscuri fanno parte del nostro carattere, così come abbiamo i lati buoni, dobbiamo accettare e abituarci a convivere con i lati oscuri, l'importante è non deporre il carico di quest'ultimo su altre persone. Non dovremmo lasciarci ingannare dai lati oscuri della gente, ma considerare che l'essenziale della vita e negli esseri umani sia proprio il bene. Che il male esiste, è un dato di fatto, non occuparsene più di tanto aiuta a star bene noi stessi e il prossimo. Concentriamoci piuttosto sulla nostra attenzione del bene, grazie a quest'atteggiamento attireremo l'energia positiva e automaticamente le amplificheremo su noi stessi, negli altri e nel mondo. Non possiamo inseguire le brutte cose esistenti in questo pianeta e allo stesso tempo vivere in pace, perché un eccessivo attaccamento a qualcosa crea troppa tensione nella nostra delicata immaginazione, e ciò accelera il processo del pensiero e intensifica il caos della serenità. Questo è un puro atteggiamento dell'egoista che si ama in modo sbagliato, essendo attaccato agli altri come se stesso, ma non essendo capace ad amare se stesso, non prova affetto neanche per il prossimo. Tuttavia, il rimpianto di non aver detto o fatto qualcosa quando avremmo potuto, dispone i mezzi del senso di colpa per durare un'intera vita, perciò dobbiamo far del nostro meglio e liberarcene, vivendo ogni istante della nostra vita come solo noi possiamo.

PARTE TERZA
TUTTI I GIORNI

IL TEMPO PASSA

Il tempo passa, ma quello che non cesserà mai di circolare nella nostra testa, sono i pensieri, il rispetto, e l'affetto per chi ci sta vicino. Questo buon modo di comportamento vivendo la nostra vita, abbatte, superando ogni confine e tengono alimentata un'energia profonda e avvolgente, questa è l'amicizia. In quella sincerità, non c'è dove, come e quando. Si comporta come il vento, non puoi sentirla, toccarla e assaporarla. Puoi udirla, comprenderla e percepirla. Sfortunatamente la sentiamo dai nostri amici che pretendono di insegnarci a vivere quando per loro il consiglio che danno a noi non ha alcun senso. Prima di vivere le difficoltà causate dagli altri, ci sentiamo perduti e disperati, ma è proprio in quei momenti che possiamo esprimere le nostre qualità migliori e fare uscire una forza talmente potente che mai avremmo creduto di avere. In questo libro ho donato la mia sincerità, non feritemi con le vostre analisi, portatemi con voi senza detestarmi. Non abbiate paura di non aver compreso l'intero libro, nessuno può percepire le stesse cose, perché tutti noi abbiamo bisogno di risposte differenti. Non dovremmo dare a tutti la possibilità di toccarci l'anima e se glielo fate fare, fateglielo originare almeno con delicatezza, in modo che possano entrare con piccoli passi nella vostra vita. Circondatevi solamente di chi sa come apprezzarvi e fate si, che siano all'altezza di fare del bene. Non significa che dovremmo trascurare chi per noi ha sempre avuto il coraggio di parlare. Fidatevi di chi parla poco e mostra tanto, noi abbiamo fiducia degli sguardi e dei loro occhi. Talvolta le parole e i sorrisi mentono, se diamo credito a noi stessi e al nostro istinto, non ci sbaglieremo mai. Non lasciamoci calpestare da persone che credono di essere dei leader, dei superiori, e delle persone importanti più che questo mondo. Non lasciamoci dire cosa, quando e come dovremmo agire perché siamo nati liberi e dunque siamo padroni di vivere e di pensare. Se cambiamo il metodo di guardare alle cose, automaticamente anch'esse cambiano.

IL SEGRETO

Possiamo dedicare un pensiero affettuoso a tutti quei bambini, belli, felici, che hanno tutto; lo zaino nuovo, il cellulare e il giocattolo più moderno. Un pensiero ugualmente premuroso, anzi di più, lo possiamo rivolgere a tutti quelli che non hanno niente, ma possiedono soltanto il dono della vita, una dura esistenza. Sono tutti amati e saranno sicuramente ospitati tutti in paradiso, ma per alcuni di loro la vita è problematica. Ad alcuni di essi dovremmo stare molto più vicino perché quel Dio, lodato da molti di noi, si è dimenticato di loro, probabilmente perché saranno scelti per essere soltanto dei piccoli angeli. Perciò un pensiero speciale e un grande abbraccio affettuoso vanno a quelle persone che fisicamente e psicologicamente soffrono. A volte è difficile stare loro vicino, perché sebbene vogliamo fare tanto, siamo sempre inadeguati. Immedesimarsi in qualcuno che soffre, non s'impara sicuramente sui banchi di scuola, ma esclusivamente standogli vicino e attraverso il sostegno morale. Questo libro è dedicato a coloro i quali non hanno smesso di mettersi alla prova. A chi non si piega nonostante le avversità, a chi non si spezza e soprattutto a chi perde il sorriso e lo riacquista poi per vivere. Questa è una dedica all'unica donna che rimpiango di non aver compreso quando la vita me ne ha offerta l'occasione. Dobbiamo andare avanti in ogni caso senza rimpiangere il passato perché se è rimasto alle nostre spalle, significa che non voleva accompagnarci nel nostro viaggio. C'è servito e ci ha dato slancio anche quel frammento di vita che non riusciamo più a intravedere. Le belle parole devono coincidere con i fatti, in caso contrario sono solo chiacchiere.

LA TRASPARENZA

Alcune persone hanno uno spirito e una forza interiore sovrumana, non si piegano dinanzi agli ostacoli. Nonostante tutti i guai passati, hanno trovato sempre la forza per rialzarsi. Il segreto è pensare di riuscire ad affrontare qualsiasi ostacolo, considerandosi come dei guerrieri e assaporare ogni attimo della nostra vita. La giusta combinazione di emozioni è la perfetta sinergia della vita e il giusto compromesso tra la nostra parte positiva e quella negativa. È chiaro che vorrei scrivere quotidianamente perché penso tutti i giorni, ma purtroppo voi non potete sostenermi mentre lo faccio poiché potrete dire la vostra, sarete in grado dire quello che vi pare soltanto quando sarete arrivati alla fine del libro. Adesso non potete dirmi assolutamente nulla, perciò il vostro silenzio non lo sento. Ho sempre dei dubbi quando scrivo perché penso costantemente che potrei sbagliarmi nel diffondere i miei pensieri, ma sinceramente non riesco a tenermeli dentro.

È stato come un lampo di luce dal cielo quel giorno in cui mi è venuto in mente il titolo per questo libro. Spesso un testo nasce proprio dall'intestazione, te la porti dietro tutti i giorni durante la stesura. Non solo vi ho importunato, ho anche perso l'occasione di stare zitto e tenermi tutto dentro. Immagino che alcuni di voi non saranno d'accordo con i miei concetti di vita e perciò non condivideranno tutto ciò che scrivo. Mi consolo comunque, perché scrivo solo per chi ha voglia e bisogno di comprendere. Scrivo per farmi perdonare da una donna e per tutti quelli che hanno sofferto e che adesso si stanno godendo la vita avendo capito che essa è la cosa più bella. Gli uomini come me non vanno di moda molto probabilmente, alla società piacciono gli uomini divertenti e ricchi, l'importante è che abbiano da offrire denaro e apparenze. Io non ho avuto il tempo per investire la mia vita in ciò che tutti ammirano, non mi andava di essere la tipica pecora che va dietro al caprone di turno, anzi, giacché la maggioranza degli uomini è fatta in questo modo, allora vuol dire che c'è qualcosa di errato nel sistema.

Quel prototipo di uomo che non sarei mai stato capace di essere, lo trovo mediocre, bigotto, con una vita completamente piatta e una doppia moralità. Per comunicare con me stesso, ma in particolar modo con la gente, ho dovuto bussare alla porta dell'editoria.

Per tutta la nostra vita, il rischio è che ci illudiamo pensando che tutti capiscano tutto e che tutti siano onesti e sinceri. Purtroppo non è così. Quest'illusione sarà sicuramente un fallimento per molti di noi perché questi stati d'animo sono davvero una grande delusione. Evidentemente non meritiamo tutti lo stesso tipo di felicità o molto probabilmente non tutti meritiamo l'amore. Non possiamo avere la presunzione di avere quel che vogliamo. Dobbiamo sempre prendere ciò che la vita ci offre. Chi è stato fortunato, chi ha saputo capire, adesso ha una vita serena. Chi invece si ritrova ad avere il cuore in subbuglio dovrebbe sostenersi un esame di coscienza e accettare di aver fatto una serie di errori che l'hanno portato a essere quello che è oggi.

Tutti noi rimpiangiamo qualcuno o qualcosa ma quel che è passato è andato via e dobbiamo prenderlo per ciò che è stato e perché tale non è più. Il presente, se amaro, dobbiamo addolcirlo diventando migliori di come siamo stati.

Riuscire ad avere l'amore ideale dipende solamente da noi. Non incolpiamo a qualcun altro o agli eventi. È chiaro che a tutti piacerebbe avere vicino a qualcuno che non ha bisogno di noi. Significherebbe che stanno con noi unicamente per l'amore autentico.

L'ILLUSIONE

A volte penso che il male peggiore sia, che siamo irresponsabili e umiliamo chi ci vuole offrire affetto. Preferiamo correre dietro a chi non lo vuole dare, forse per la mania di grandezza o per quell'inutile corsa dietro una vittoria dell'orgoglio. Dobbiamo comunque essere felici di avere capito e di esserci liberati di tutti i rancori e i sensi di colpa, perché tal esperienza ci ha dato la possibilità di capire quali sono le persone che meritano davvero le nostre attenzioni. Non bisogna assolutamente perdere il tempo prezioso della nostra vita con persone che non hanno tempo da perdere con noi. Come non dobbiamo avere vicino a qualcuno che sta con noi per quello che abbiamo, ma per quello che siamo.

Correndo questo rischio, che il cammino è pericoloso, alla fine il premio sarà sublime. Impariamo da questa vita che a volte ci fa toccare le stelle e a volte ci indica cos'è l'inferno. Scoprire il buono che è in noi e imparare ad apprezzare ogni esperienza senza perdere quello che è più bello nel nostro io, senza uccidere la nostra sensibilità e ad ogni passo innamorarsi sempre di più della vita. Ogni giorno che viviamo, è una giornata particolare, per renderla tale non dobbiamo fare chissà cosa, basta aprire le porte del nostro cuore gettare via le invidie, le cattiverie, l'egoismo e tutto ciò che ci allontana dal vero senso della vita. Pertanto, se troviamo una persona speciale, dobbiamo averne cura e falla sentire importante. Tutti i giorni porla davanti a tutto e non lasciarla andare via, sono poche, sono preziose perle e uniche rose che credono ancora nell'amore vero. Basta colmare d'immensa gioia l'animo anche con un piccolo gesto l'importante è farlo tutti i giorni. Non fidatevi mai di chi a parole cerca di entrare nel vostro cuore, sono i fatti e il rispetto che fa la sola differenza. Là fuori spesso si possono creare quegli attimi unici dell'innamoramento siamo come nelle bolle di sapone poi quando le tocchi svaniscono. Tutti i giorni, non possiamo perdere tempo per detestare chi ci odia, perché dovremmo essere occupati ad amare chi ci ama, parlare con chi ci capisce e lottare per coloro che realmente si preoccupano di noi. La vita è troppo breve perché sia gettata via con persone vuote. Noi dovremmo essere capaci di rifiutarci di vivere vicino a qualcuno, se il prezzo del nostro vivere deve essere una tortura di esseri remissivi. Il mondo intero soffre numerosi problemi; con l'acqua, con l'aria, con la terra e il cibo. Nuovi problemi appaiono ogni giorno sul nostro pianeta. Questi non capitano mai per caso, ciascuno di essi è provocato da noi altri. Gli esseri umani non sono in grado di riconoscere la loro vera natura, per questo attraverso il loro pensiero e la loro ansia generano sofferenza. Non a caso, si dice che l'uomo sia l'essere più malvagio di questo pianeta. Dovremmo svegliarci al più presto e ritrovare le nostre origini, la nostra natura primordiale. Procedere con calma tra il baccano e l'ansia, ricordandoci quale pace possa esserci nel silenzio. Per quanto possiamo, senza cedimenti manteniamoci in buoni rapporti con tutti. Tutti i giorni esponiamo la nostra opinione con tranquilla chiarezza, e impariamo ad ascoltare gli altri: pur se noiosi e incolti, hanno anch'essi una loro storia. Evitiamo comunque le persone volgari e prepotenti: costituiscono un tormento per il nostro bene interiore. Tutti i giorni, insistiamo senza tregua nel confrontarci con gli altri, rischiando così di diventare presuntuosi e aspri, perché sempre esisteranno individui migliori e peggiori di noi. Tutti i giorni dobbiamo avere successi e anche dei progetti, mantenendo alto l'interesse per la nostra professione: per quanto umile sia, essa costituisce un vero patrimonio nella volubile fortuna del nostro tempo. Tutti i giorni dobbiamo fare uso della prudenza nei nostri affari, questo ci aiuterà, fatto che là fuori nel mondo ci sia l'apparenza che ci sia un'immensità d'inganni, ma questo non ci deve rendere ciechi, vi sono altrettante virtù, quindi altrettante persone che seguono alti ideali. E' molto importante essere sempre se stessi, soprattutto senza fingere negli affetti. Non avere esitazioni

nei confronti dell'amore, perché, pur di fronte a qualsiasi delusione e aridità, esso resta il prato più fiorito. Tutti i giorni accettiamo la saggezza della nostra età qualsiasi essa sia, lasciando con serenità le cose della giovinezza. Tutti i giorni coltiviamo la forza d'animo che è altrettanto importante per difenderci dalle avversità improvvise. Non tormentarsi con delle fantasie assurde ci aiuta a vivere sereni, poiché molte paure nascono dalla stanchezza e dalla solitudine. Tutti i giorni di là da una sana disciplina, dovremmo essere tolleranti in particolar modo con noi stessi. Siamo tutti figli dello stesso mondo non meno degli alberi, e delle stelle, degli animali e abbiamo il pieno diritto d'esistere tutti i giorni. Checché se ne dica, siamo convinti oppure restiamo ancora increduli, non c'è dubbio questo mondo, senza che noi ce ne accorgiamo, cambia e si evolve davvero a dovere. Non facciamo in tempo di aggiornarci che è già ora di cambiare, forse è questa la ragione del nostro paese, la lentezza e la paura di cambiare aumentano l'ignoranza anziché ridurla.

Perciò è importante che tutti i giorni stiamo in pace, non solo con noi stessi, ma anche con il nostro Dio, chiunque esso sia, dal Gesù Cristo ad Allah e Maometto, qualunque sia il concetto della religione ci possiede.

E quali che siano i nostri affanni e aspirazioni nella chiassosa confusione dell'esistenza, sempre, e tutti i giorni manteniamoci in pace almeno col nostro spirito. Perché sebbene il mondo abbia i suoi inganni, travagli e sogni infranti, tale creato è pur sempre un pianeta meraviglioso. Tutti i giorni dovremmo essere prudenti, sforzandoci di cercare la felicità, anche perché l'essere umano è solamente infelice quando vive nel dubbio e produce conflitti quando convive con le sue certezze.

Il saggio ha idee in cui crede, ma è sempre pronto a mettere in discussione le proprie convinzioni. Non permettiamo dunque mai a niente e a nessuno di frenare il nostro cammino, tutti i giorni a testa alta, senza pensare che sia una missione, una strada o una decisione troppo grande per noi. Per quanto lungo possa essere un viaggio, se crediamo che sia quello giusto, bisogna intraprenderlo tutti i giorni.

Tutti i giorni accadono cose che sono come delle continue interrogazioni, passano minuti, oppure anni e alla fine la vita ci risponderà.

UN NUOVO GIORNO

Ogni pensiero che facciamo lascia un segno nella nostra formazione biologica. Se in continuazione pensiamo che la nostra vita sarà difficile, la nostra esistenza tenderà a essere proprio così, il nostro modo di essere ci carica d'immagini negative, quindi di negazioni. Il nostro ego ci conduce e vuole avere sempre ragione lui. Perciò tutti i giorni è consigliabile di fare tutto in modo che sia giusto quello che stiamo programmando poiché la vita potrebbe presentarsi difficile. Al contrario di questo, al mattino di tutti i giorni, scegliamo di visualizzare immagini meravigliose e positive di noi stessi in varie situazioni, la giornata si svolgerà esattamente come la vorremmo. In questa direzione i nostri pensieri che realizziamo pure sulla nostra persona formano la creazione del nostro modo di essere. Possiamo fare della nostra vita tutto ciò che desideriamo, tutti i giorni dal momento esatto in cui ci svegliamo al mattino, possiamo decidere che tipo di giornata sarà per noi. Possiamo vivere la giornata più splendida e ispirante che si possa immaginare, ma dipende tutto da noi. Siamo liberi, tutti i giorni, di scegliere, perché allora non cominciare, per esempio, col ringraziare la vita, allo scopo di aprire il nostro cuore. Tuttavia, il dominio dell'uomo consiste solo nella conoscenza; l'essere umano tanto può fare quanto sa, nessuna forza umana può spezzare la catena delle cause naturali, tutti i giorni la natura, infatti, non si vince se non ubbidendole. Ci sono sempre due scelte nella vita, accettare le condizioni in cui viviamo o assumerci il coraggio e la responsabilità di cambiarle. L'amore, non si cerca, non si aspetta e non si sceglie. Nasce per caso, quando meno c'è lo aspettiamo. Arriva e basta, giunge nel giorno più triste, nel periodo più buio o addirittura quando abbiamo perso tutte le speranze a rischio e pericolo che quando arrivano non lo desideriamo più. E' proprio così, l'amore non ci avvisa mai.

COME SIAMO

Quando amiamo qualcuno sul serio, ci accettiamo e ci approviamo esattamente come siamo fatti. Allora, funziona tutto della nostra vita è come se dei piccoli miracoli accadessero tutti i giorni in ogni dove, la salute migliora, muoviamo più denaro, le relazioni con il prossimo diventano molto più piacevoli e cominciamo a esprimerci in modo creativamente felice. Tutto ciò sembra succedere senza il nostro impegno e questo avviene tutti i giorni. Il fatto che il cuore stia per tutti nello stesso punto del nostro corpo, e questo lo sappiamo fin da quando eravamo bambini, ma che vive in mille posti diversi, senza esistere in nessun luogo non lo sanno proprio tutti. S'insedia in gola, quando siamo emozionati oppure ruzzola nello stomaco quando abbiamo paura o siamo ammalati. Ci sono giorni in cui sveltisce i

nostri battiti e sembra volerti uscire dal petto. Altre volte, invece, fanno semplicemente un baratto col cervello, durante la vita impareremo a prendere il nostro cuore per donarlo ad altre persone, il più delle volte capiterà che si ripresenti al nostro cospetto un po' logorato. Non dobbiamo preoccuparcene poiché sarà lo stesso un nobile evento, anzi molto probabilmente sarà ancora più magico. Questo, però, lo concepiremo solo dopo molto, molto tempo. Ci saranno giorni in cui saremo convinti che il nostro cuore lo abbiamo smarrito chissà dove e ci affliggeremo per andare a cercarlo, magari con un ricordo, nella musica, nello sguardo di un passante, oppure molto semplicemente cominceremo a rovistare nei cassetti di casa. Tutti i giorni si sentono tanti individui che si lodano di essere uomini, ma che cosa vuol dire veramente essere maschi, di sicuro non sono uomini solo perché fanno tante conquiste amorose, oppure non sono uomini usando come attrezzo di comunicazione la violenza, l'essere uomini significa credere nei valori, significa essere coerenti, essere un punto di riferimento per chi ti sta accanto. L'uomo deve saper amare, ridere, commuoversi e quando c'è la necessità essere forte anche per chi non l'è. Tutti giorni guardando attentamente chi ci sta intorno, noteremo che ci sono tanti maschi e pochi, anzi pochissimi uomini. Tutti noi aspettiamo che succeda qualche cosa, tutti i giorni, guardiamo in continuazione la posta, il telefono, osserviamo fuori dalla finestra e questo accade per chi aspetta che l'amore bussi alla porta. L'amore è imprevedibile non viene aspettando. Anche quando l'abbiamo già, cerchiamo sempre quello che non si ha, si vorrebbe essere sempre in un altro posto, non abbiamo scampo, ce ne pentiremo comunque, accettare che la vita è fatta così, vuol dire che si è già arrivati a metà strada verso la felicità. Noi uomini non possiamo scegliere, solo essere scelti ed è già una vera fortuna trovare chi ci voglia, anche quelle persone che all'apparenza sembrano avere tutto nella maggioranza dei casi, gli manca sempre la cosa più importante cioè l'amore. L'hanno insegnato le storie dei personaggi famosi e abbienti, sono sempre fra i più infelici e tutto dipende dal loro fanatismo ed egoismo. Essere ricco e famoso spesso può essere un grande problema per i sentimenti, non sanno mai chi hanno vicino, se sono amati perché hanno tutto il necessario per una vita adagiata, oppure se sono veramente amati per la loro personalità. Inutile pensare che oggi sia una brutta giornata, tutti i giorni sono belli, dagli sbagli si può solo imparare come non commettere lo stesso errore la prossima volta. Non ci dovrebbero essere gli ostacoli, quelli esistono con la nostra paura. Perciò non ci si può arrendere quello si che è un vero sbaglio. Un altro grande errore è il nostro egoismo, fonte di tutti mali di questa terra, la ragione di questo modo di essere, crea più danni che le armi da fuoco. Tutti i giorni dobbiamo lavorare non tanto per guadagnare denaro, ma per distrarci, non c'è niente di meglio. Anche se lavoro non c'è ne, bisognerebbe allora inventarselo, ma mai arrendersi, sarebbe questo la peggiore sconfitta verso noi stessi. Osserviamo per esempio i bambini che sono la nostra luce, non stanno mai fermi, non oziano mai e perché non si vogliono arrendere finché hanno energia, lavorano, giocando. Piuttosto di oziare, meglio parlare con qualcuno di cui ci fidiamo, quello potrebbe essere un buon inizio per evitare l'ozio, la passività e la resa di fronte alle avversità della vita. Quando proprio siamo disperati allora, potremmo dedicarci ad aiutare gli altri, anche gratuitamente, il volontariato nobilita e ne saremo felici comunque. Molti fuggono facendo uso del gesto suicida affrontano la morte pur sapendo che è il mistero più grande della vita, non sono eroi chi si toglie la vita, al contrario, sono dei vigliacchi che non essendo capaci ad affrontare i problemi, non volendo assumersi le responsabilità preferiscono sparire da questa terra rinunciando alla vita che è il regalo più bello. Tutti i giorni dovremmo evitare di avere del malumore non fa bene a noi e a chi ci sta vicino perciò non ci sono lacune peggiori. Tutti noi abbiamo chi poco, chi tanto mentito, sia a noi stessi sia al prossimo anche questa è una lacuna per quanto possibile da evitare o correggere.

maurizio cosimo ortuso

LA MENZOGNA

Colui, che mente è una persona molto pericolosa, le menzogne oltre che creare danni a se stesso, danneggia i fiduciosi. L'uomo è spesso bugiardo, talmente impostore che si dimentica di averle dette, la donna invece ha una memoria da elefante non dimentica nulla, porta il rancore, anche tutta la vita, creando e vivendo un sentimento davvero dannoso. Quando invece sarebbe tutto più bello usare il perdono, così facendo non solo ci facciamo un regalo a noi stessi, è una fantastica parete del morale, il perdono rimane il gesto più nobile che possiamo fare. Meglio sarebbe pensare di più a noi stessi, alla salute sia nostra sia di chi ci sta vicino, con il rancore procuriamo solo mali, con il perdono portiamo con noi la medicina migliore. Questa è la strada più vantaggiosa e più rapida da percorrere della nostra vita, rimane questo modo di vivere il raggiungimento per eccellenza per la nostra pace interiore, ci gratifica e ci rende invulnerabili. Tutti i giorni dovremmo regalarci un sorriso a noi stessi e a chi incontriamo, non ha nessun costo, è del tutto gratuito, insomma il gesto più efficace per vivere la giornata.

Un sorriso riempie sempre il cuore di chi subisce in questa vita per questo, è molto apprezzabile non negarlo mai a nessuno. Anche quando incontriamo un pessimista, bisogna aiutarlo abbattendo i suoi muri con il nostro ottimismo. Perciò è importante avere gli amici ottimisti, costoro creano le migliori condizioni per la nostra vita. Anche quando capita che non siamo forti sufficientemente e ci accorgiamo che non abbiamo più le forze per affrontare la giornata dobbiamo avere fede in noi stessi, poiché siamo i più forti, siamo noi stessi originari dei migliori medicinali per la nostra serenità. Anche quando non abbiamo più i genitori, anche quando abbiamo perso le persone più importanti della nostra vita, dobbiamo tirare fuori quello che la vita ci ha insegnato. Per esempio, l'amore, quello sì che è la cosa più bella della vita, oltre che la salute non c'è niente di più importante. Sempre di più, tutti i giorni, il mondo va avanti per un senso del tutto disordinato, così fanno anche le persone, quindi molti di noi fanno le scelte in modo del tutto scorretto costringendo parecchi altri all'emarginazione. Molti di noi, tutti i giorni, cercano di fare le cose correttamente, rendendoci frustrati quando vediamo persone che sbagliano e non comprendono quanto di bello invece potrebbero dare. La vita è un po' come salire su per una montagna, più è alta e piena di difficoltà, più sarà grande la soddisfazione, quando potremo dire che gliela abbiamo fatta. Per buona sorte raggiunta la cima, s'intravedrà un meraviglioso panorama e quella sarà la ricompensa per ogni nostro sforzo.

Possiamo ritenerci abili e saggi in questa complicata vita solo vivendo tutti i giorni nella semplicità. Anche quando siamo consapevoli di vivere in questo mondo ingiusto e noi restiamo nel giusto, ciò vuol dire che siamo puliti e capaci a vivere. Lo sappiamo tutti che questo mondo è spesso disonesto, solo restando onesti tutti i giorni diventiamo persone perbene. Siamo persone autentiche quando pur sapendo e vivendo in questo falso mondo, non ci lasciamo contaminare dalla falsità. Siamo capaci a sopravvivere in questo mondo imbrattato, quando nonostante tutto noi restiamo puliti dentro. Ma soprattutto, sappiamo apprezzare la vita quando pur vivendo in questo mondo con poco amore riusciamo ad amare.

Noi autori di saggi non possiamo permetterci d'insegnare niente a nessuno, poiché noi stessi dobbiamo imparare. Scrivendo con abilità nell'interpretare quello che sosteniamo con le parole, disponiamo i mezzi per indicare la strada verso delle realtà oggettive della nostra fragile interiorità, niente di più. Tutti i giorni in questa vita impareremo molto da certe persone, da altre invece, dovremmo apprendere a non essere mai come loro. Questo libro è stato scritto non solo per tutti ma in particolar modo per le donne, tuttavia loro non faranno mai il primo passo se non lo facciamo noi, prima potrebbero guardare il nostro aspetto, ma s'innamoreranno solo di ciò che portiamo dentro. Loro sanno quello che vogliono, anche se fuori sono confuse, sanno quello che dire, anche se la loro bocca resta chiusa, quelle stesse donne che fuori vogliono fare le dure, dentro sono più delicate delle piume, le donne dalla pelle morbida, anche se fuori diventano mature, la loro anima rimane fragile come quando erano bambine. Non dimentichiamo che loro, sono donne che possono anche voler cercare l'avventura, ma che nel profondo del loro cuore sperano sempre di trovare l'amore, quello, che dura tutta una vita. Prima accettiamo noi tutti che le cose non torneranno mai più com'erano una volta e prima ricominceremo a vivere l'oggi, per quello che è diventato. Solamente se saremo forti e capaci di perdonare chi ha fatto del male, inizieremo a vivere la vera pace interiore. Chi invece non riesce a perdonare, perché vuole continuare a punire è in realtà un debole e dunque non può che rimanere inefficace come persona e altresì incapace di punire. Non dobbiamo mai avere paura di affrontare

la   vita   con   i   suoi   problemi.
I momenti di fragilità li abbiamo tutti ma non dimentichiamoci che abbiamo anche tanta forza che bilancerà le nostre debolezze, abbiamo sempre energia abbastanza per non mollare mai. Non dobbiamo   pentirci   di   usare   il   cuore
nella nostra vita è la cosa più bella che possiamo fare è un dono della   natura.
E' una benedizione e il cuore non ci delude mai perché quando si dona, si fa senza fini e senza volere nulla in cambio. Non si può vivere un solo giorno senza far capire alle persone che amiamo, che siamo innamorati. Dire a ogni uomo e a ogni donna che sono i nostri prediletti e vivere innamorati dell'amore. Far vedere alle persone quanto sbagliano quando pensano di smettere di innamorarsi man mano che diventano vecchi, non sapendo che invece invecchiano quando smettono di innamorarsi. Il cuore delle donne è un meccanismo complesso, insensibile ai rozzi ragionamenti del maschio con attitudini solo avventuriere. Se si vuole davvero conquistare una donna, bisogna imparare a pensare come lei. Tutto il resto viene per conseguenza di fatti ed eventi. La felicità per molti non è quella delle grandi cose, la soddisfazione è fatta di piccole cose, vere ma preziose, bastano le parole di una canzone a far

venire un brivido, basta un sorriso dolce quando sei triste, un bacio passionale, una carezza quando hai voglia di gesti affettuosi, una pacca sulle spalle per dire io ci sono.

IL CANALE

Forse dovrei raccontarvi un mondo di semplicità e allegrie. Sarebbe come attirarvi in un tunnel fatto solo d'inganni, sarebbe come persuadervi ad avere fiducia che nella vita ci siano solo soffici prati sui quali si può scorrazzare senza farsi male e non una riserva piena di pietre. Sassi contro di cui s'inciampa, si cade e ci si ferisce. Pietre contro di cui bisogna proteggersi con robuste scarpe. Neanche questo basta perché, mentre cerchiamo di proteggere i nostri piedi, c'è sempre qualche sciagurato pronto e predisposto a raccogliere una pietra per tirarcela addosso. E' difficile riuscire a far sorridere qualcuno, ma è ancora più difficile riuscire a far sognare perché il sogno e il sorriso sono il riflesso della stessa arte dell'amare e del farsi desiderare. La particolarità che contraddistingue le persone straordinarie è quella di saper dare tanto senza chiedere nulla in cambio. I sogni sono sempre creati con tanta fatica, forse possiamo prendere delle scorciatoie, perdendo però di vista la facoltà di pensare il vero motivo per il quale abbiamo cominciato a sognare. Il mattino scopriamo che il sogno svanisce e dobbiamo ricominciare ad ascoltare i messaggi del nostro cuore, il tempo ci fa incontrare il nostro destino, ricordandoci che quando stiamo per rinunciare ai messaggi della vita, solo perché è spesso, troppo dura con noi, il risveglio ci ricorda chi siamo nella realtà e ci rammenta così facendo i nostri sogni. La nostra vita assomiglia a un'enciclopedia, i mediocri la sfogliano distrattamente, mentre i saggi la leggono con molta attenzione, ben sapendo che possono leggerla una sola volta. Dovremmo dunque sempre star lontano da chi ci frena alle nostre ambizioni poiché esse lo fanno di continuo con chiunque incontrano, perché sanno di essere piccole persone con pochi valori e nessun talento. Solo chi è veramente grande ci fa sentire che anche noi possiamo diventare come loro. Abbiamo tutti il diritto di correre la stessa gara non per questo dobbiamo per forza essere in competizione con qualcuno. Non dovremmo desiderare di essere migliore di nessuno. Il nostro obiettivo dovrebbe invece essere quello di migliorare noi stessi, anzi di essere migliori tutti i giorni più di ieri.

Un uomo può compiere enormi imprese e imparare una grande quantità di cose interessanti, eppure non capire nulla di se stesso. A un certo punto della sua vita giungerà la sofferenza che spingerà un uomo a guardarsi nel suo profondo. Ed ecco che dentro di lui, comincerà il suo vero apprendimento. Preferisco essere il più misero tra gli uomini e avere con me i miei sogni e il desiderio di volerli soddisfare, piuttosto che essere l'uomo più grande della terra e non avere né sogni né desideri. Il vero dilemma di questa vita è capire ciò che ci rende veramente felici.

Mi accorgo tutti i giorni dei miei limiti e a questo proposito mi piace tenermi all'interno dei miei confini. Sono anche convinto di saper riconoscere i confini di questa società e questo mi entusiasma a non avere grandi sentimenti per nessun paese neanche quello che mi ha dato il passaporto e un certificato di nascita oltretutto a pagamento. Non voglio per niente esagerare e confermare che le ingiustizie nel nostro sistema varcano i limiti della mia pazienza. L'ingiustizia è in verità l'elemento centrale del sistema stesso. Solo dei dirigenti incapaci, parassiti, miseri esperti possono speculare con il loro modo di governare, probabilmente ci deve essere qualcosa di perverso nel loro desiderare questo tipo di libertà. E', in effetti, scandaloso sapere che esista una parte di esecutori che non riesce a vivere e lasciar la vera libertà al prossimo. Tuttavia, per chi non possiede nessun tipo di libertà, l'unico modo che ha di sopravvivere a questa loro frustrazione è sopprimerla agli altri. Al contrario per gli ordinari restanti come noi, che non abbiamo un futuro certo nella società d'oggi oppure un ruolo da poter giocare in questa tribù. Se non quello di rivivere vecchi sogni ignorando la parte andata a male del nostro governo che con le sue orgogliose menzogne ci sbatte al muro tutti i giorni. Tutti i giorni vorrei farvi notare che questo mondo è fantastico ma potrebbe sicuramente essere meglio. Questi sentimenti che tutte le mattine si svegliano con me, sono attenuati dalla buona educazione che ho ricevuto perciò anche parlando in modo riprovevole del mio paese, è perché rimpiango i nostri antichi insegnanti. Come potrei d'altronde descrivervi tutto questo senza sembrare incredibile, mi sono dato tanto da fare pur di modificare la mia opinione ma non ci sono proprio riuscito. Vorrei solo farvi capire cosa significano per me, le realtà oggettive di questo mondo simboleggiato oramai solo più dalle apparenze e dalle fandonie che non troverebbero neanche asilo politico su altro pianeta. Più penso al mio paese nativo più capisco di quanto non sia cresciuto nei secoli. Fortunatamente rimane la storia a parlare di noi, l'unica cosa di cui abbiamo ancora una rendita. Non vorrei smettere proprio adesso di segnalarvi quanto entusiasmo oppure invidia stimolo nei miei pensieri, ma rimane per me questo l'unico modo di godere in questa vita vissuta da emigrante lasciando il mio paese in mano a chi non è stato capace nel suo caotico mondo nativo a fare niente di buono. Potrei anche passare i miei giorni restanti di vita da un'altra parte, lontano da qui, chissà in quale altro continente che non potrei mai perdonare chi a messo quelli come me nell'immondizia che ci troviamo. Non potrò mai perdonare chi ha cercato di incatenarmi in questo bidone sociale. Specialmente a voi governanti voglio destinare tutte quelle qualità che a me non servono più in questa vita, vi lascio tutti i privilegi che mi avete offerto e sono sicuro che tanto non vi toccherà neanche nel fondo dei vostri principi morali. Per questo paese che era di tutti e che adesso non appartiene più a nessuno da un'altra parte del mondo, racconterò tutto quello che si dice in questo libro stando in silenzio come un pazzo. E sempre senza parlare vi racconterò in realtà di cosa mi sono occupato in tutti questi anni in mezzo alla strada di questo fantastico mondo del quale sono riuscito a sopravvivere nonostante le sofferenze e frustrazioni che mi avete procurato. Potrei persino dirvi che non mi avete mai offerto un lavoro stabile grazie al vostro insaziabile razzismo e vigliaccheria. Per questo sono obbligato a lasciarvi questo messaggio che in questo meraviglioso mondo non è come voi politici, volete descriverci con tanta vanità e orgoglio pur di accaparrarvi la nostra attenzione, i nostri soldi e la nostra solidarietà. Non pensate che mi venga facile esprimermi, non ci riuscirò mai sarebbe d'altronde come raccontarvi i miei incubi che tutti i giorni mi accompagnano in questa vita. Poi non ho nessun talento letterario, sono solo capace a usare le mani su questa tastiera, neanche la mia lingua so usare bene ma mi fido dei miei lettori, sono certo della loro intelligenza e del loro intuito. Non capisco neanche come i nostri politici vivono il loro patriottismo oppure quello psichico fenomeno di essere uomini. Questo è il mio punto di vista, altro non saprei cosa dire, non potrei neanche nasconderlo, anche se i nostri governanti sembrano così generosi e altruisti e all'avanguardia con la tecnologia e le frustrazioni sociali io mi astengo da giustificarli per le loro enormi cazzate. Sono sempre più convinto che stiano dando segni di squilibrio, probabilmente una malattia inguaribile del loro modo di usare la ragione. Per mia fortuna io non ho questi sintomi e perciò li ringrazio della loro illuminazione. Vorrei da questo punto di vista impressionarli o deluderli così capirebbero per sempre che noi comuni cittadini non vedono il mondo con gli stessi occhi come loro. La vera libertà ha bisogno di un grande spazio vuoto per esistere e loro ce la tolgono un po' alla volta tutti i giorni, forse per questo tutto quello che fanno, ha un prezzo e un conto a noi destinato da pagare. Sicuramente tendono a camuffare una dittatura, ma io non voglio essere così cattivo nel giudicare le loro inutili imprese politiche.

SCRIVERE E' SBAGLIATO

Neanche se venissero a dirmi che quel che scrivo è sbagliato potranno convincermi, neanche se mi dicono che sono immaturo per queste notizie, ed è proprio questo che mi da una grande gioia, quasi mi diverto. La loro falsità è una tecnica per vincere e aggredire il nostro futuro. Anche se tutto questo può sembrare un'illuminazione, oppure un blackout riuscirebbe sicuro a mentire che non hanno attraversato nessun tipo di crisi esistenziale neanche nelle generazioni dei loro parenti. Tutti gli esseri poco o tanto soffrono d'invidia ma mai come i politici, solamente quelli rifiutati da loro stessi possono diventare politici, quelli che non sono capaci a vivere essendo nessuno come noi. A intraprendere un'attività in proprio, una qualsiasi, anche la più piccola delle attività, offre sentimenti d'invidia ai politicanti. Perciò qualsiasi loro esperimentano, non dovrebbe mai essere così emancipato al fine di non pesare sull'economia dei cittadini. Fuggono sempre dai loro fallimenti perché solo quest'atteggiamento li consola, in un sistema dove un politico fa da tiranno che detta leggi, loro si rifiutano persino di non rispettare le personalità più forti. Un normale cittadino anche se preso dalla disperazione non può vincere una forza politica se e con la parola. Tutti i giorni penso a questo libro e continuo a scrivere perché ho fatto una promessa e la voglio mantenere, purtroppo non riesco a scrivere tutti i giorni ma senza sosta lavoro e penso solo a questo manoscritto non basta aver voglia di parlare, bisogna saper dire le cose se no il rischio è poi quello di parlare da solo. Vorrei poter spiegare questo libro in due parole se solo ne fossi capace, sono invece obbligato a fare un grande giro studiando, leggendo e intervistando senza che se ne accorgano le persone che più possono insegnarmi qualche cosa. Quel che si prova nello scrivere non si può spiegare in due parole, ci vuole ben altro non basta neanche un libro, ci vuole un'intera vita di studi e ricerche per affrontare argomenti semplici come quelli che tratto io.

INCONTRARE L'AMORE

Ho sempre voluto rispettare l'amore, perché solo quello ha ragione di esistere, smettere di amare non è come mettere da parte le sigarette oppure abbandonare il gioco, ci vuole ben più coraggio e consapevolezza oltre che responsabilità verso se stessi.

Tutti i giorni bisognerebbe dimenticarsi di ciò che abbiamo fatto per gli altri, ricordandosi invece quello che gli altri hanno fatto per noi. La stessa cosa vale per la vita se solo stiamo ad aspettare quello che ci deve, ci dimentichiamo di quello che noi dobbiamo a essa. Nella vita di tutti i giorni non è importante di fare ciò che dobbiamo costruire ma ad amare quello che facciamo, questo modo di pensare ci aiuterebbe sicuramente a vivere meglio. Perciò quando non amiamo quello che facciamo, la nostra vita automaticamente non vale nulla, poiché proviamo nessun sentimento per quel che realizziamo. Stessa cosa vale per l'avere qualcosa, tutto ciò che di materiale abbiamo, non vale assolutamente nulla se non siamo capaci a essere noi stessi. Il vero valore della vita lo cominceremo a capire solamente quando stiamo per perderlo, da quella fossa non scappa nessuno, ma se siamo stati capaci a lasciare questo mondo migliore di come lo abbiamo trovato allora la nostra vita, è stata valsa di viverla. Le persone che sanno esistere sono quelle che riescono a vivere nella semplicità, pur essendo consapevoli che il mondo è complicato, essere giusti pur conoscendo bene le ingiustizie di questa vita, insistere nell'essere onesto pur sapendo che nel mondo ci sono troppi disonesti e furfanti. Avremo capito la qualità della vita solo quando ci accorgeremo, di essere autentici, pur sapendo di quanta falsità, esiste nella gente che tutti i giorni incontriamo nella nostra vita. Il nostro sistema con queste fondamenta culturali, governative e maschiliste tende a dividerci per categoria, in questo modo noi tutti diciamo; io sono di destra e tu di sinistra, io sono comunista e tu toscano, io sono povero, io sono la moglie del sindaco, io sono un professionista, io sono figlio di operai, io pago le tasse, io sono americano, io sono italiano ecc.

Tutto questo classificare non fa altro che renderci più soli di quanto già lo siamo. Il povero avrà soggezione del ricco e tutti tenderemo a incolpare gli altri per le nostre disgrazie. Nella realtà dei fatti, noi siamo figli tutti della stessa Madre Natura, siamo tutti musicisti della stessa orchestra di questo pianeta, anche se da soli soffriamo, viviamo e moriamo, quando ci mettiamo d'impegno, uniti possiamo creare una musica divina e armoniosa. "Anna Lord"

IL NOSTRO CORPO

Il nostro corpo si lamenta quando la nostra bocca tace, la malattia è un conflitto tra la nostra personalità e l'anima. Molte volte il raffreddore cola quando il corpo non piange. Il mal di gola tampona quando non è possibile comunicare le nostre frustrazioni. Lo stomaco brucia quando la rabbia non trova l'uscita. Il diabete ci invade il sangue quando la solitudine ci avvolge nella sua tenebrosità. Il corpo s'ingrossa quando la nostra insoddisfazione stringe. Il mal di testa avanza quando i dubbi aumentano. Il cuore rallenta il suo battito quando il senso della vita ci dà l'impressione che stia per finire. La pressione del sangue sale quando la nostra paura ci imprigiona. La nevrosi che tutti i giorni ci portiamo dietro tiranneggia la nostra infantilità. Perciò tutti quei dolori silenziosi, ma che parlano dal nostro corpo, ci vogliono avvisare che stiamo sbagliando cammino. Non è dunque la malattia ad essere cattiva, è solo un indice della nostra qualità di vita. Non possiamo illuderci che la strada della felicità sia tutta dritta, incontreremo curve chiamate equivoci, semafori chiamati amici, l'illuminazione di precauzione ispirata alla famiglia. Tuttavia tutti noi vogliamo smettere di soffrire, ma non siamo disposti a pagare il prezzo stabilito dalla vita stessa, ovvero cambiare le nostre dipendenze rinunciando all'arroganza e cessando di definirci per quello che in realtà non siamo. Non possiamo dimenticarci che le persone autentiche sono quelle che vivono la vita tutti i giorni, in ogni istante; anche se a volte cadono, sanno continuamente rialzarsi. Non sa vivere invece chi cade nel fallimento poiché ha paura di sbagliare. Se siamo utili agli altri, saremo ripagati: aiutando il prossimo riceveremo aiuto e insegnando agli altri impareremo. Vivere come meglio ci pare, vuol dire ascoltare il proprio cuore. D'altro canto la vita è un'opera teatrale che non può essere provata in anticipo, dunque è questo il momento in cui dobbiamo cantare, ridere, ballare e amare tutto ciò che la vita ci offre così intensamente. Non dobbiamo perdere neanche un istante, poiché alla fine il sipario cala e rischiamo di non riuscire a sentire gli applausi a noi destinati. Se veramente è vero, quel che si dice, che questo mondo assomiglia a un grande teatro di cui noi stessi siamo gli attori e i registi. Mi sembra che però quest'opera negli ultimi decenni non sia venuta molto bene, credo che sia stato uno spettacolo scadente, è mancato qualcosa, molto probabilmente non c'è stata allegria, passione o vera musica. Ho l'impressione che tutto sia stato solo uno specchio, oltretutto copiato, attraverso il mondo finto della televisione. Insomma, il prototipo di una fiction. Da un po' di tempo a questa parte, con l'arrivo della crisi, tutto si sta trasformando: tutto appare molto più colorato, trasparente e interessante. Insomma, chi recitava la parte dell'impiegato modello, la moglie premurosa, il marito laborioso, il funzionario statale, l'imprenditore, il geometra, il pensionato e chissà quanti altri ruoli, con la mancanza di denaro per l'attuale fiction non ha più ragione di esistere, nessuno di loro. Perciò il mondo intero deve cambiare ruolo, per esistere ancora. "Anna Lord"

UN'OPERA D'ARTE

Penso, dunque, che d'ora in avanti assisteremo a dei veri e propri capolavori: sceglietevi dunque un buon posto, se volete anche assistere anche solo come spettatore, poiché ho il presentimento che ci sarà molta gente. La nostra vera cura sta dentro di noi e non siamo capaci di usarla; la malattia nella maggior parte dei casi viene da noi stessi e non ce ne accorgiamo. In silenzio si spegne chi non capisce che deve capovolgere tutto il tavolo pur di cercare la felicità, chi è infelice sul lavoro, chi non rischia la certezza per l'incertezza per inseguire un sogno, chi non si permette almeno una volta nella vita di fuggire ai consigli sensati. E' già morto chi non viaggia, chi non dedica un po' del suo tempo alla lettura, chi non si accorge che esiste la bella musica e chi non trova pace in se stesso. Sta morendo chi non sa far altro che distruggere l'amor proprio, chi si rifiuta di essere aiutato ed è già morto chi passa i giorni a lamentarsi della propria sventura. Lentamente muore chi abbandona un progetto prima ancora di iniziarlo, chi non fa domande sugli argomenti che non conosce, chi non risponde quando gli si chiede qualcosa che invece sa bene. Queste sono morti suddivise perché ci si dimentica che vivere richiede uno sforzo molto maggiore dal semplice fatto di respirare. Soltanto l'ardente pazienza potrà portarci al raggiungimento di una vera felicità. Vivere pensando che l'impossibile sia davvero irrealizzabile è un modo di pensare dei piccoli uomini che trovano più facile soggiornare nel mondo che gli è stato confezionato e consegnato, piuttosto che cercare di costruirne uno proprio vero ed efficiente. L'impossibilità non è un dato di fatto, è una semplice opinione della gente comune. L'impossibilità non è una regola, è una sfida che ci dovremmo tutti prefissare. L'impossibilità non è uguale per tutti. L'impossibilità non può essere per sempre. L'impossibilità è in realtà nulla. Solamente mantenendo nella mente una disciplina interiore del possibile essa ci aiuta a mantenerci calmi. Per quante comodità esteriori noi possiamo andare alla ricerca, non riusciremo mai a sperimentare quei sentimenti di gioia e felicità che in realtà abbiamo bisogno tutti noi. Tuttavia se possiamo arrivare a possedere questa tranquillità interiore cioè un certo grado di stabilità intrinseca, allora si che potremmo anche farne a meno di molte comodità esteriori, le stesse che spesso consideriamo indispensabili per sentirci felici, solo con tale maturità possiamo vivere una vita gioiosa e serena. Per molti di noi l'ignoranza può essere una vera e propria benedizione poiché a pensare, molto si soffre tanto. Che cosa serve d'altronde pensare più del necessario, in quale paradiso infelice può condurci il solo pensiero, meglio dunque sognare almeno quest'ultimo, ha delle probabilità di farci felici. Tuttavia la felicità non può nascere dalla rabbia oppure dall'odiare qualcuno. Nessuno può dire oggi sto bene e sono felice dato che mi sono incazzato con il mio vicino. Tutto va al contrario se ci arrabbiamo oppure odiamo non possiamo far altro che rassegnarci a essere infelici. Dedico tutti i giorni questo libro a quelle persone che si alzano la mattina con mille pensieri in testa e altrettanti sogni nel cassetto. Questo libro è dedicato non solo a chi ho amato ma anche a quelle persone che sanno sorridere, a chi sa accontentarsi e a tutte quelle persone che sanno amare così intensamente da annullarsi loro stesse, dedicato a chi si preoccupa degli altri dimenticandosi di se stesso. La pace interiore deve esistere dentro di noi solo così lo sarà anche con gli altri. Perché mai arrabbiarsi con i propri cari e stare anni senza dirsi una parola, che senso ha tutto quest'orgoglio preso in prestito dall'ignoranza e dall'egoismo quando invece tutto potrebbe cessare in un solo istante e ritornare a essere sereni tutti i giorni. Mi piacerebbe che mi portaste con voi dove c'è il sole, dove c'è il mare dove state voi, mi piacerebbe essere portato, dove voi portereste le cose più belle, lo so che non sarà facile portarmi con voi quando andate a trovare il vostro Dio poiché non potete sapere dove io ho perso il mio. Tutti i giorni possiamo colorare la nostra vita, quella degli altri e quella del mondo pur non essendo pittori ma buoni protagonisti di questa vita. Tutti i giorni l'amore può condurci ovunque, in brutti e terribili posti come nei giardini dell'Eden in qualsiasi modo questo avvenga ci conducono sempre da qualche parte. Pertanto, per la nostra serenità interiore dobbiamo accettarlo così com'è, poiché esso alimenta la nostra semplice esistenza, se commettiamo il grave errore di non accettarlo moriremo in ogni caso di fame pur avendo il nostro orto colmo di leccornie della terra, non avendo il coraggio di fare il raccolto solo perché ci blocchiamo da quella detestabile paura che il lavoro dello zappare possa fare. Se ci incamminiamo alla ricerca dell'amore esso ci verrà incontro accorciando così le distanze e dunque mettendo in salvo la nostra delicata anima. Può anche darsi che ognuno di noi a conti fatti non abbia molto da offrire, oltre ad apparire irritante, permaloso, geloso, paranoico e tremendamente fragile. Tuttavia per compensare questo vuoto siamo capaci a donare amore, anche se qualche volta tormentato, ma pur sempre amore. Tutti i giorni gettiamo uno sguardo nei dintorni di noi stessi perché la nostra anima si sente lesa dalle sofferenze, ci sembra a volte di essere in balia delle onde allagati da pensieri profondi intanto che la vita ci sfugge e non ha nessuna intenzione di fermarsi ad aspettarci. Gli eventi passati e presenti ci turbano, ma ci rendiamo conto che la vita è bella comunque, anche se nella maggioranza dei casi abbiamo più dolore che gioia, ciò nonostante sappiamo tutti che alla fine che il vivere diventa dolcissimo prima di prendere il sentiero del tramonto.

TUTTI I GIORNI

La vita di tutti i giorni è un dono meraviglioso, da dove provenga questo regalo, oppure per quale inspiegabile ragione esiste è inutile inseguire un perché oppure una verità, viviamola senza porci tante domande. Anche se là fuori c'è la crisi, piove e chissà quante altre cose brutte si possono incontrare, basta parcheggiarsi dentro la propria casa in nostra compagnia, al caldo, ad ascoltare della buona musica oppure leggere un buon libro, darsi magari all'arte dipingendo un quadro e aspettare che il tutto migliore compreso le condizioni atmosferiche. Il classico schema dei facili consumi, dei grandi magazzini, della plastica e della competizione fisica deve per forza di cose finire. Arriverà una primavera fantastica, anzi meravigliosa. Ci sarà tantissimo da fare dopo la crisi, Intanto riposiamoci e riprendiamo le nostre forze anziché correre dietro ai politicanti e le loro buffonate. Tuttavia per una vita di qualità dobbiamo avere un certo spazio, dove siamo fuori dai notiziari, un momento in cui non sappiamo assolutamente nulla di quello che accade nel mondo. Vi assicuro che questa comodità è meglio che una tisana, come lo è il dimenticarsi dei doveri imposti dal nostro sistema. Di tale genere deve essere uno spazio, dove possiamo semplicemente sperimentare e portare avanti a ciò che siamo oppure ciò che potremmo essere, insomma un piazzale per la realizzazione creativa. Inizialmente ci potrà sembrare che nulla accade ma se abbiamo indovinato la dimensione giusta, vedremo che alla fine qualcosa accadrà. La parte più intima del nostro io l'avremo solamente quando avremo messo a fuoco le nostre fragilità, le stesse che devono essere riconosciute senza esserne derisi. Quando i nostri sguardi verso la nostra anima toglieranno la patina che la copriva. Quando sapremo lasciare qualcosa di noi anche dopo che la passione sia svanita. Quando avremo fatto tutto in tempo prima che la ragione sia tornata a bussare alla nostra porta per dirci che la realtà è più triste di come la abbiamo immaginata e che è ora che ci svegliamo dal sogno. Il nostro potere del subito ci insegna a capire che il nostro ruolo come creatore del nostro dolore ci limita a vivere liberi, ci procura ansie e nevrosi. Tuttavia è la nostra mente a causare questi problemi, non le altre persone, non il mondo esterno. E' la nostra mente con il suo scorrimento di pensieri pressoché costante che continua a considerare il passato e ci proietta inquietandoci nel futuro, due mondi irreali inesistenti nell'attimo in cui li pensiamo. Non bisognerebbe commettere il grave errore di identificarci con la nostra mente, pensando che questa sia la nostra vera identità, quando invece noi siamo, in realtà dei fatti, molto più complessi e più grandi. Se solo fossimo così bravi, di essere totalmente presenti nell'adesso e non nel futuro o passato che sia, allora là saremo capaci anche di ascoltare la realtà e trasformare il potere dell'adesso in vera positività. Noi non siamo la nostra mente. La consapevolezza è la sola uscita dai dolori, accettando il presente abbiamo incontrato noi stessi, adesso. Tuttavia, anche Einstein lo diceva che non possiamo pretendere che le cose cambino se continuiamo a fare le stesse cose, poiché al loro interno non possiamo che commettere gli stessi errori e ritrovare le stesse

angosce. Questa crisi è la più grande benedizione per le persone e le nazioni, perché la crisi è una guerra pacifica e intellettuale, quest'evento porta progressi, la nostra creatività nasce dalle angosce come il giorno germoglia dalla notte oscura. E' durante la crisi che sorge l'inventiva, le scoperte e le grandi strategie. Chi supera la crisi passa oltre se stesso senza essere superato. Coloro che attribuiscono la crisi, i loro fallimenti e difficoltà violentano il loro stesso talento dando più valore ai problemi che alle soluzioni. La vera crisi è la recessione dell'incompetenza. Il problema più grande delle persone e delle nazioni è la pigrizia nel cercare soluzioni e vie d'uscita efficienti. Senza una crisi non ci sono sfide, senza una sfida la vita diventa una routine, una lenta agonia, un'attesa di estinguersi senza aver vissuto, senza queste recessioni non c'è alcuna chance per la faticata meritocrazia di emergere. E' nella crisi che viene a galla il meglio di ognuno, perché senza recessione tutti i venti sono lievi frescure. Parlare di crisi significa anche incrementarla esaltando la nostra originalità. La povertà più grande nel mondo non è la mancanza di cibo come spesso pensiamo, ma è la mancanza dell'amore. Certo che esiste la povertà della gente, poiché essa non è soddisfatta da ciò che si ritrova ad avere, si sente non felice poiché non si adatta alle sofferenze, è solo capace ad abbandonarsi alla disperazione. La povertà quando s'impossessa del nostro cuore è molto più difficile da sconfiggere.
Madre Teresa

CONCLUSIONE

Ci vorrebbe del silenzio per apprezzare la sostanza della vita, in assenza di rumori si da voce alla nascita di un nuovo giorno, nella silenziosità si percepisce la voce del mare, nel mutismo persino il vento diventa una carezza, nella quiete si sentono i rumori delle piccole cose, le stesse che per il solo fatto di essere piccine fanno bene all'anima. In realtà non abbiamo bisogno di belle parole, di complimenti che suonano troppo sdolcinati, abbiamo però bisogno di stima, autenticità, semplicità poiché in questi valori ritroviamo noi stessi cioè le vere fondamenta della vita. Un vecchio proverbio dice: quelli che si fermano sono perduti, può anche darsi che qualcuno di noi si sia perso, chissà in quale corridoio della mente, ma potrebbe anche essere che per molti valga che sono semplicemente arrivati. Non è molto semplice descrivere quel vortice d'emozioni che a volte si scatena all'interno di noi, ogni qualvolta che i nostri pensieri sfiorano l'eccitazione di toccare quella persona che amiamo, cercare la suggestione di uno sguardo, di un bacio oppure molto semplicemente un "ti amo".
Un'emozione in quel caldo brivido che ci avvolge, che ci sconvolge quando le sue parole s'insinuano nella nostra anima.
Quel pensiero che si cura di noi prima di addormentarci. Non si può vivere una vita senza quella piccola parte di passione che ogni singolo istante ci regala, sono le emozioni che solo la persona che ami può donarti, emozioni che hanno un connubio perfetto con l'amore. Vale davvero la pena di rendere libere le nostre emozioni far risplendere il nostro volto, la gioia di queste emozioni ci farà compagnia. La vita è colorata come l'amore, molte emozioni da vivere e se possiamo rivivere tutti i giorni senza lasciare tutto nascosto e chissà in quale luogo appartato della nostra anima, sarebbero davvero un peccato lasciare le emozioni in gabbia come uccellini. Facciamo volare via nel vento la parte migliore di noi, non ci dobbiamo accontentare di solo esistere, in ogni caso pochi si accorgono che esistiamo, perciò tanto vale la pena di vivere sul serio questa breve vita. Con queste parole non voglio sostenere che bisogna andar via da chi si ama solo per il piacere di sapere se davvero ci vogliono bene, noi siamo fatti per restare, non di fuggire,

dovremmo tutti capire se qualcuno ci ama attraverso i gesti di tutti i giorni, con le parole, con le stesse della nostra routine giornaliera. Non è giusto aspettare che ci corrano dietro per starci accanto dovremmo molto semplicemente e pertanto dovremmo restare vicino a chi sia disposto a farlo. Aspettare nascosti che la vita faccia un miracolo è da sciocchi, non si può continuare sperando che le circostanze cambino in nostro favore aspettando poi chi? perché? Quanto dobbiamo aspettare? Se non usciamo noi stessi dalla tana, luogo dove ci siamo nascosti, non possiamo sperare che qualcuno bussi alla nostra invisibile porta e cominci ad amarci. E se non andiamo noi a bussare alle porte nessuna di esse ci potrà aprire. Se tutti i giorni non percorriamo la stessa strada verso la felicità, oltre a non incontrarci mai nessuna mappa c'indicherà, dove l'amore si nasconde. E' vero… forse i miracoli accadono, in ogni caso solo dopo che abbiamo fatto noi il primo passo, magari verso la nostra realizzazione, verso il nostro sogno. Nessuno ci porterà un pacco regalo con dentro l'amore tutto colorato, nessuno ci renderà felice se non lo facciamo noi stessi, perciò alziamoci e mettiamoci in viaggio, ci aspetta un'avventura verso la felicità. Magari navigando un mare di emozioni, viviamo adesso senza rimandare nulla, senza dover stare chiusi dentro di noi, continuando ad aspettare qualcuno che non arriva mai. Solo la nostra mano è capace a dipingere i nostri sogni, solo noi possiamo scrivere il nostro destino. Non perdiamoci mai l'occasione quando gli occhi di un amico o di un amore s'illuminano, quando con un sorriso possiamo scambiarci il cuore, quando un abbraccio ci sostiene il nostro delicato morale, quando non vediamo più chi eravamo, ma quello che siamo diventati adesso. Raccogliamo qualsiasi momento da chi ci sta accanto, anche da coloro che si aggirano standoci alle estremità della nostra vita. Se impariamo bene a percepire i suoni della vita, la stessa opera sarà in grado di spiegarci cos'è. Accettiamo tutti i giorni noi stessi per come siamo, felici, sereni e presenti. Si sente sempre paragonare la felicità al denaro, certo con i soldi si possono realizzare parecchi sogni nel concreto, anche nel mio caso fossi ricco spenderei tutti i miei denari in giro per il mondo, ma non me lo posso davvero permettere e come me chissà quanti altri. Tuttavia non per questo dobbiamo essere tristi o infelici, credo che la felicità, quella vera, si possa trovare in molte altre cose, anche se molto più semplici di viaggi da sogno. Dovremmo anche solo per pochi istanti immaginare come mai il denaro è diventato così importante da rendere questo mondo una vera e propria schifezza al fine di poter arraffare più denaro possibile, tutto questo trambusto per potersi comprare una finta felicità. Certo non dobbiamo per questo essere ipocriti, ma vorrei solo dare un po' del mio tempo alla riflessione su questo ragionamento sono dell'idea che il denaro sia un vero e proprio inganno che poco alla volta dobbiamo liberarcene, dando a esso una diversa considerazione. Non è solo il denaro che c'illude con la sua ingannevole felicità, non diamo a esso questo potere come facciamo irrepetibilmente tutti i giorni. Tutti i giorni dobbiamo sperare d'incontrare la persona capace di farci capire il perché con o senza ricchezze non abbia mai funzionato la nostra vita fino adesso. La situazione difficile che stiamo vivendo è diventata oramai una routine di tutti i giorni forse dovuti alla nostra pigrizia o incapacità di agire. È noto a tutti che c'è la crisi, ma davvero siamo capaci a uscirne o i nostri governanti sanno solo chiacchierare come faccio io, perché allora tanto vale che ci vada chiunque a governare perché basta saper fare più che parlare a sproposito tutto per poi solo far parte della camuffata massoneria del nostro virtuoso governo. Pertanto dei semplici operai oppure chiunque dei cittadini, magari scovati tra le persone intelligenti di questo paese, potrebbero per assurdo esercitare un potere esecutivo anche loro. L'essenziale che non menziona i soliti politici d'oggi, perché ho la vaga impressione che quelli dei nostri attuali tempi non sono più capaci come quelli di una volta. In passato erano più tolleranti e più altruisti forse perché a quei tempi le torte da mangiare non se ne facevano molte, adesso magari qualche buon pasticcere al governo si è infilato. Poi queste persone comuni saprebbero fare molte più cose che solo chiacchierare, chissà che non siano più brave di quelli attuali. Così dovrebbe essere la vera equità, ma rimane la mia solamente un'utopia, pura fantascienza e loro continueranno stare seduti su quelle poltrone a produrre davvero cose fantascientifiche e noi che potremmo portare la realtà di tutti i giorni, purtroppo ci tengono ai margini del sistema. L'incoraggiamento di chi si prende cura di noi e dei nostri soldi allora non viene solamente dall'amore per il paese, ma dalla bontà delle torte. Tanto che viene naturale chiedersi dove sono stati fino adesso questi politici che oggi celebrano la predica da più parti. Questo scenario è stato poi notevolmente aggravato da ulteriori improvvisati personaggi, dai vari trasferimenti nazionali, da aiuti di parenti e amici degli amici. Non vogliamo strapagare questi fenomeni professionisti, cerchiamo invece qualcuno di meno costoso, come fanno nei paesi più avanti, di noi molto probabilmente andrà meglio, sia il paese sia i meno favoriti dalla sorte. Proprio prendere in considerazione l'ipotesi di un probabile dissenso da parte di qualche lettore che simpatizza, non come me, per la politica vuol dire immaginare il presupposto che ci sia qualcuno pronto ad augurarsi il fallimento del proprio paese. Perché in questo caso bisognerebbe quasi solo più darsi alle proteste, in un modo tale da essere convincenti. Abbiamo già provato in passato con svariate forme di ribellione, chi con il terrorismo, chi con la comicità, chi con l'ironia, chi con la letteratura e persino con la storia, ma non c'è niente da fare, i soliti noti sono sempre la dentro, quel mestiere con il loro bunker devono avere qualcosa d'inspiegabile, attira sempre di più ingordi e meno intellettuali. Vuol dire che mal che vada cadrà nuovamente nell'ennesimo disastro andando al baratro, senz'altro servizi fondamentali, falliti ancora una volta. A nessuno di noi sfugge al pericolo della strumentalizzazione di questa situazione drammatica per la sua probabile finalità. Questo è già stato dimostrato in alcuni passaggi basilari, per altro restando alle opere coraggiose, istituite e fondate sulla buona e impostura interpretazione di svariati ruoli da parte dei nostri ministri. Chiaramente si parlano di un gruppo d'individui quelli meglio salariati, per assurdo e da un fatto molto semplice costoro dovrebbero divenire socialmente utili. Fino ad ora però, nonostante tutte le chiacchiere che hanno fatto e mentre il solito ceto sociale, quello più indifeso, sta pagando per attenuare un programma di riequilibrio, evitando che arrivino altri fallimenti da parte dei nostri strapagati politici. D'altro canto inutile menzionare le loro imprese e strategie le stesse che hanno cancellato ogni nostra forma di beneficio, e insieme con essa anche tutta la dignità che avevamo acquisito in cinquant'anni dal dopoguerra. Mi auguro, oltre ad una ripresa di trovare insieme un'uscita anche qualsiasi affinché possa aiutarci a modificare le vecchie abitudini. E' chissà che proprio grazie alla crisi avvenga davvero un miracolo che qualche incapace di politico rincorso dai sensi di colpa, la sua realtà non le suggerisca di astenersi da prendersi cura di un qualcosa che non è assolutamente capace. Quanto detesto parlare di queste cose, dei politici o della crisi o chissà di quale altra realtà attuale così noiosa solo a pensarla, ma quando ci vuole; ci vuole, la nostra parola, l'unico attrezzo che abbiamo, avremmo almeno il diritto di usarlo. La saggezza per gli uomini ha bisogno di essere capita e studiata, invece per la donna è una dote naturale lo dimostra anche il fatto che i saggi è stato statisticamente provato che sono letti in gran parte dagli uomini. Le donne non ne hanno bisogno, sono sagge dalla nascita. Sapremo di non essere più schiavi di quello che pensa la gente di noi quando riusciremo ad aver fiducia in noi stessi anche quando tutti ne dubitano. Con la nostra libertà interiore che avremo acquisito, ci darà la possibilità di dichiarare sempre la verità, anche quando è distorta da farabutti per ingannare i citrulli. Se vogliamo fare uso del nostro intelletto senza correre il rischio d'illuderci dobbiamo almeno possedere la virtù dell'umiltà; dobbiamo essere consapevoli dei nostri limiti, dobbiamo aver afferrato che l'intelligenza non ha origine da noi stessi, bensì dai nostri insegnanti dobbiamo essere così prudenti da non giudicare nulla e nessuno in mancanza di requisiti sufficienti. Il sapere si sostiene sul dimostrare sensatezza non raccontare favole e facendo nascere allo stesso tempo conflitti. In un passato non tanto remoto purtroppo dominava molto di più l'uomo e dalle sue particolarità troppo rivolte alla conquista e al dominio del pianeta. Certi poteri fanno si che gli uomini lasciati soli generano molto più facilmente lotte e disastri; fortunatamente lo sviluppo delle virtù femminili si fa sempre più spazio anche nel mondo maschile tanto da diventare sempre più importanti se non l'unico auspicio per il futuro dell'umanità. Tuttavia, le qualità come l'amore, la fiducia, la bellezza, la verità e l'autenticità appartengono al sesso femminile, e sono tutte molto più eccezionali che qualsiasi virtù posseduta dagli uomini. La donna pensa con delicata sensibilità, viscerale e sentimentale. L'uomo pensa con l'intelletto concernente la logica, sistematico, privo di creatività. Le vie del cuore e dell'intelletto sono in contrasto ed è per questo che l'uomo e la donna discutono e fanno fatica a capirsi. Spiega Osho, la donna è un meraviglioso mistero per l'uomo. Mentre le donne pensano che non le consideriamo e da lì che abbiamo cominciato ad avere sempre una loro fotografia nel nostro portafoglio. Mentre le donne pensavano che non le stessimo guardando durante il tempo in cui davano da mangiare ai nostri figli, è d'allora che abbiamo capito che prendersi cura dei bambini è un bene per la nostra sopravvivenza. Quando le nostre donne pensavano che non le avessimo apprezzate mentre avevano cucinato un dolce per il nostro compleanno, fu allora che cominciammo a capire che le piccole cose a volte possono essere molto speciali. Quando pensavano che non le avessimo sentite dandoci il bacio della buona notte fu allora che capimmo che ci vogliono bene senza dircelo. Mentre non sapevano di essere osservate abbiamo visto le loro lacrime scorrere giù per il viso e d'allora abbiamo imparato che a volte piangere può fare del bene. Quando pensavano che non le stessimo proteggendo invece le adoravamo pensando quanti grazie dovremmo dirle per tutte quelle cose che fanno per noi.

Maurizio Cosimo Ortuso

INNEDE EDITION ® è un marchio registrato

INNEDE® EDITION
www.innede.net

TUTTI I GIORNI TI AMO
di Maurizio Cosimo Ortuso

Finito di stampare nel mese di MARZO 2020

- Agenzia Letteraia Innede Edition -
redazione@innede.net

INNEDE EDITION® è un marchio registrato

www.innede.net

TUTTI I GIORNI

maurizio cosimo ortuso